THIS BOOK BELONGS TO:

MAZE 1

MAZE 2

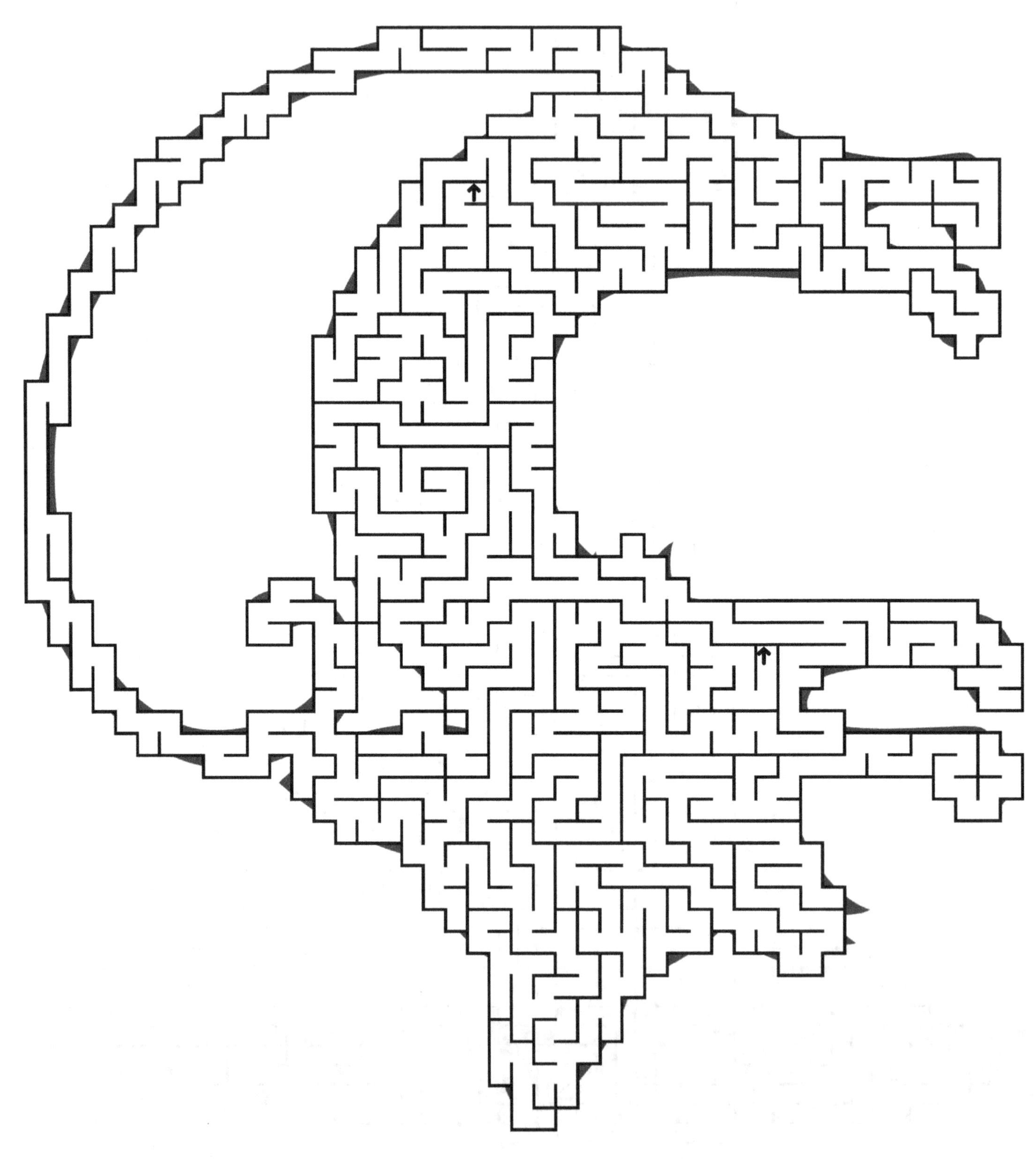

MAZE 3

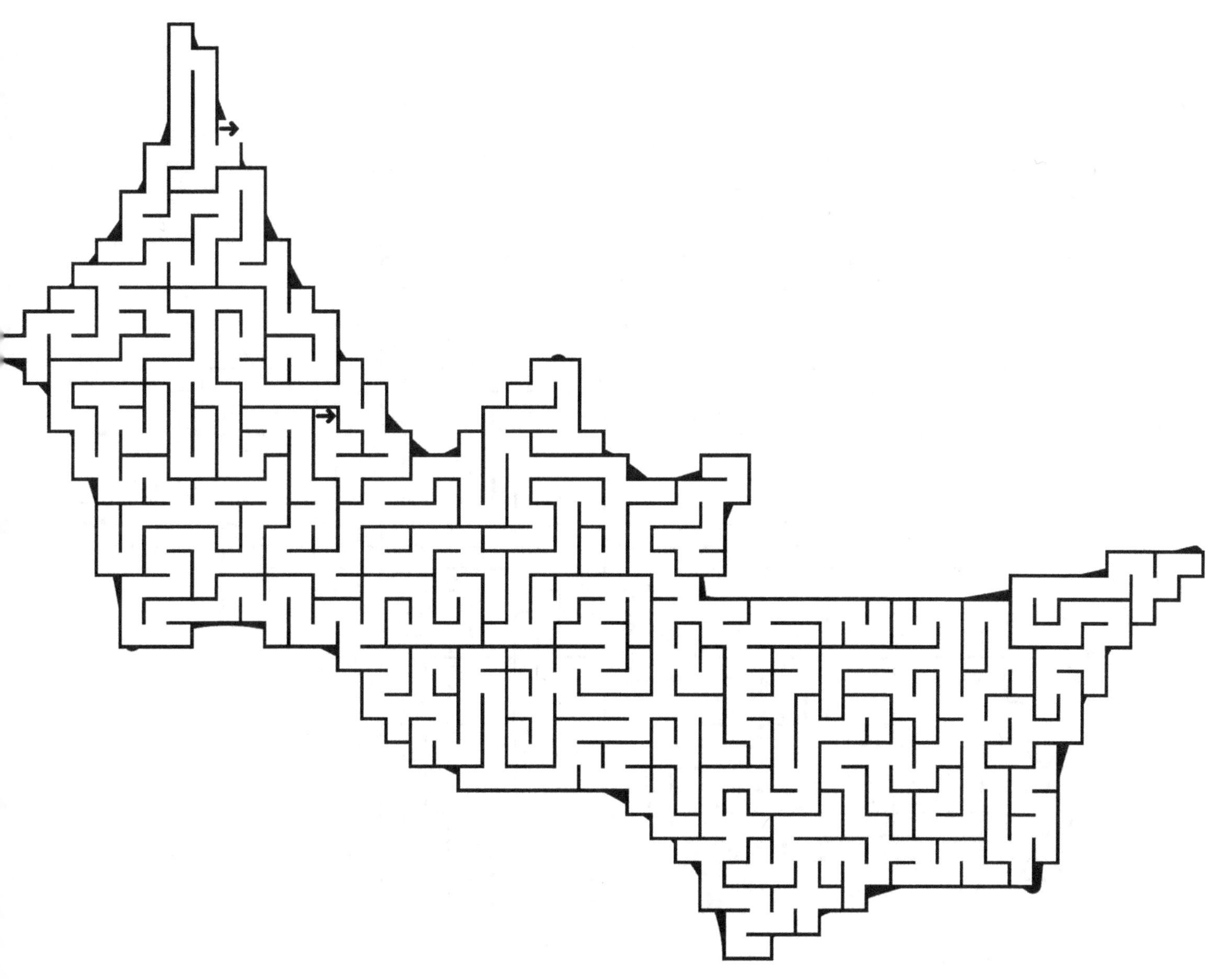

MAZE 4

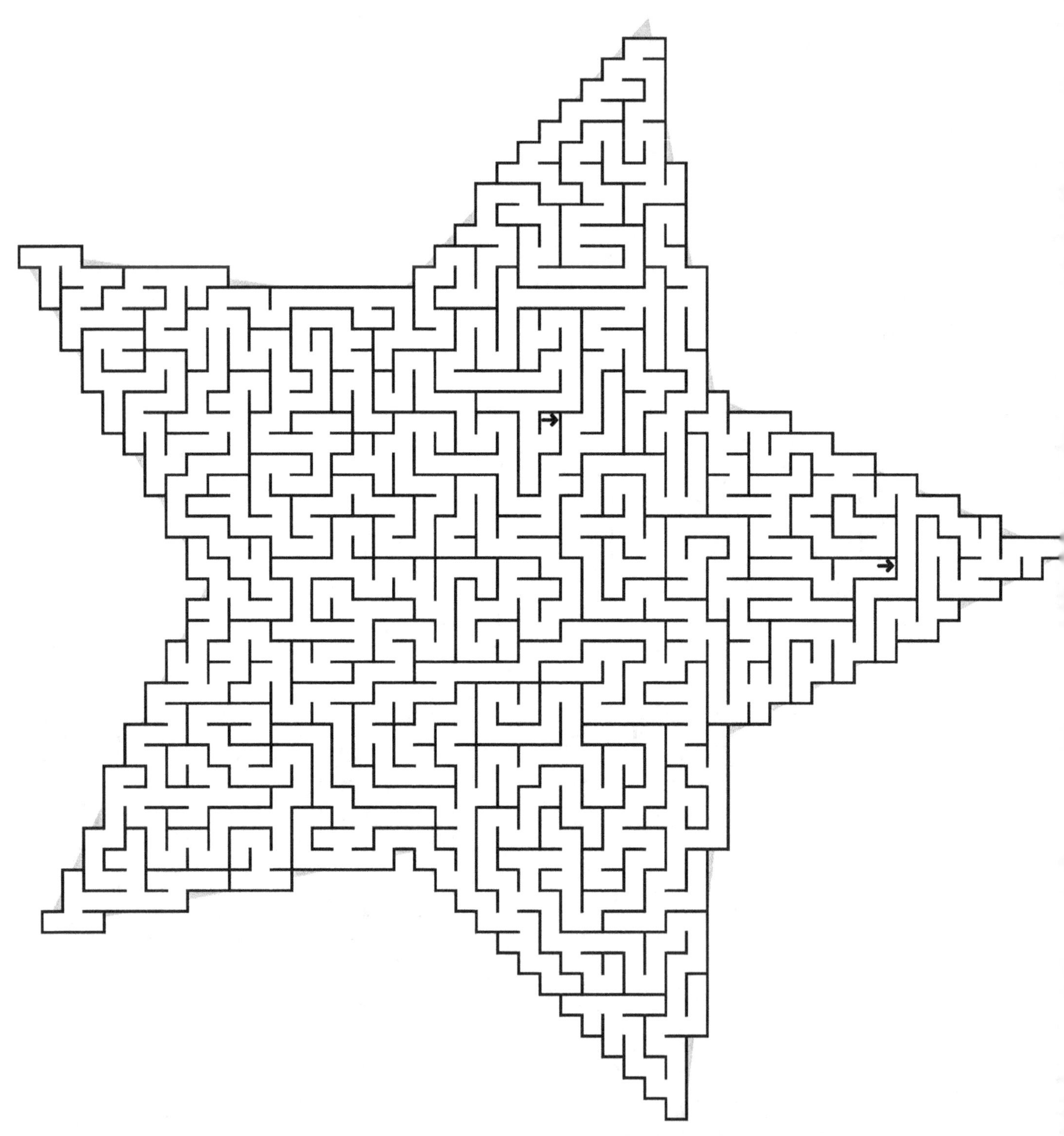

MAZE 5

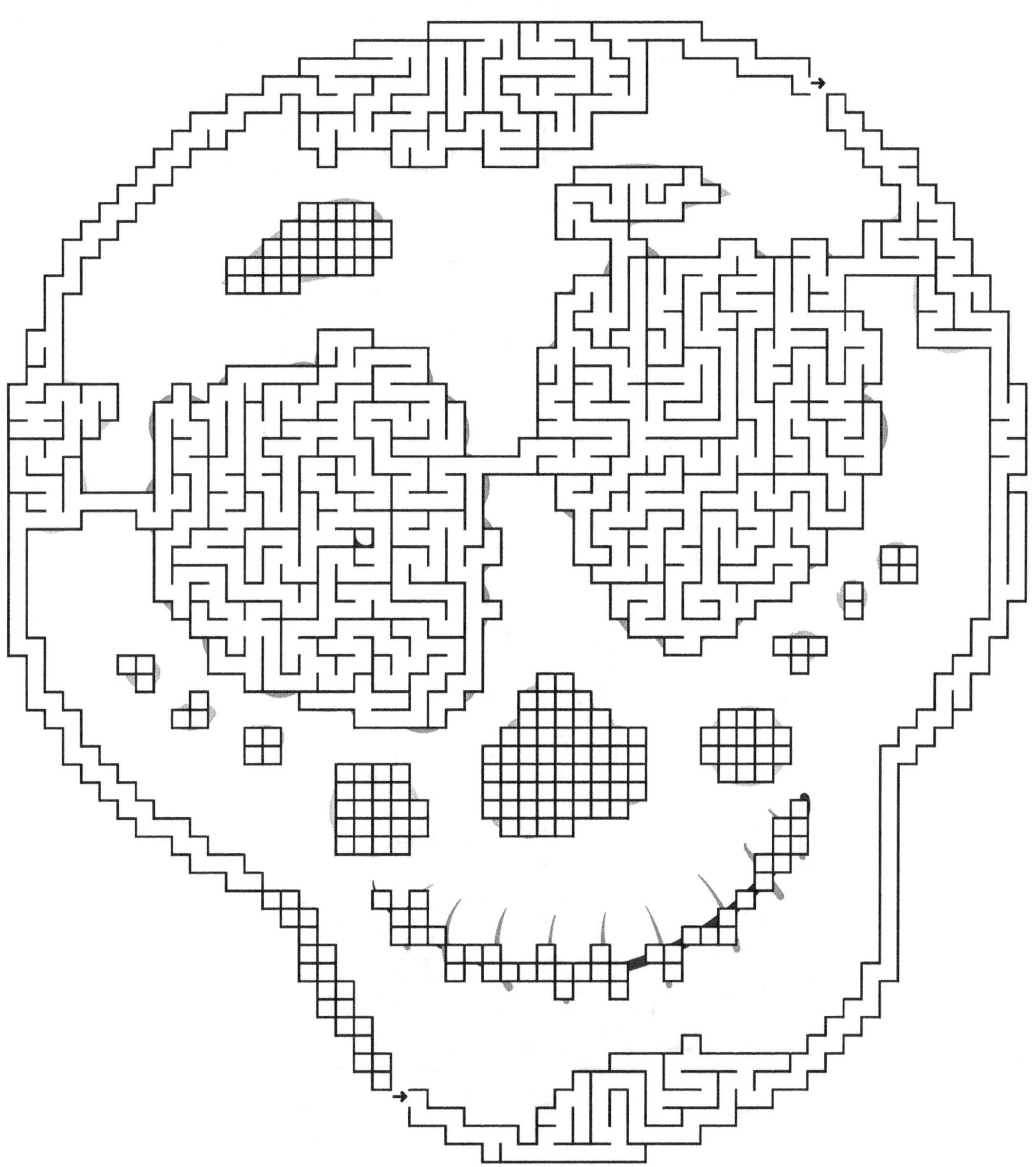

MAZE 6

MAZE 7

MAZE 8

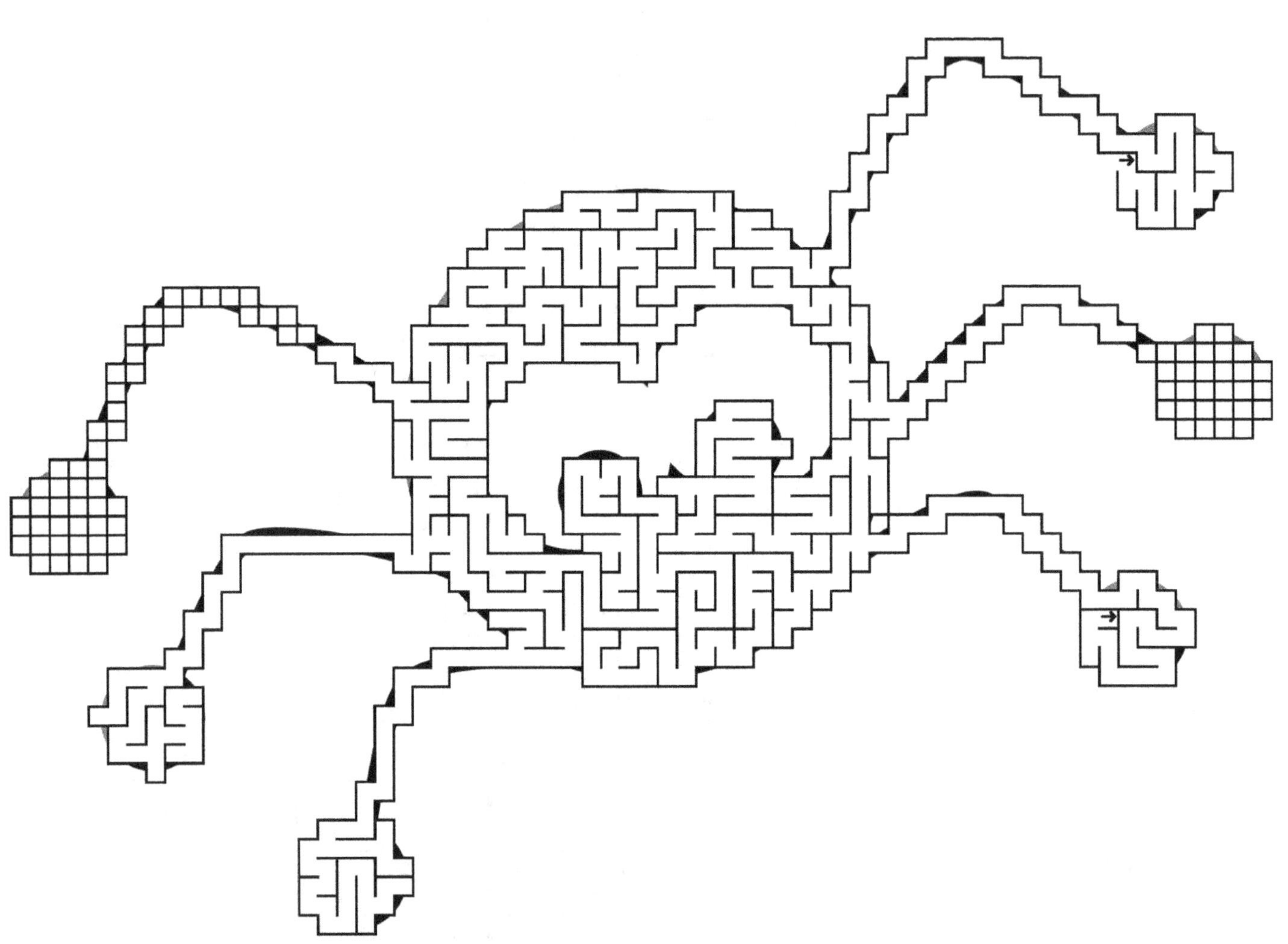

MAZE 9

MAZE 10

MAZE 11

MAZE 12

MAZE 13

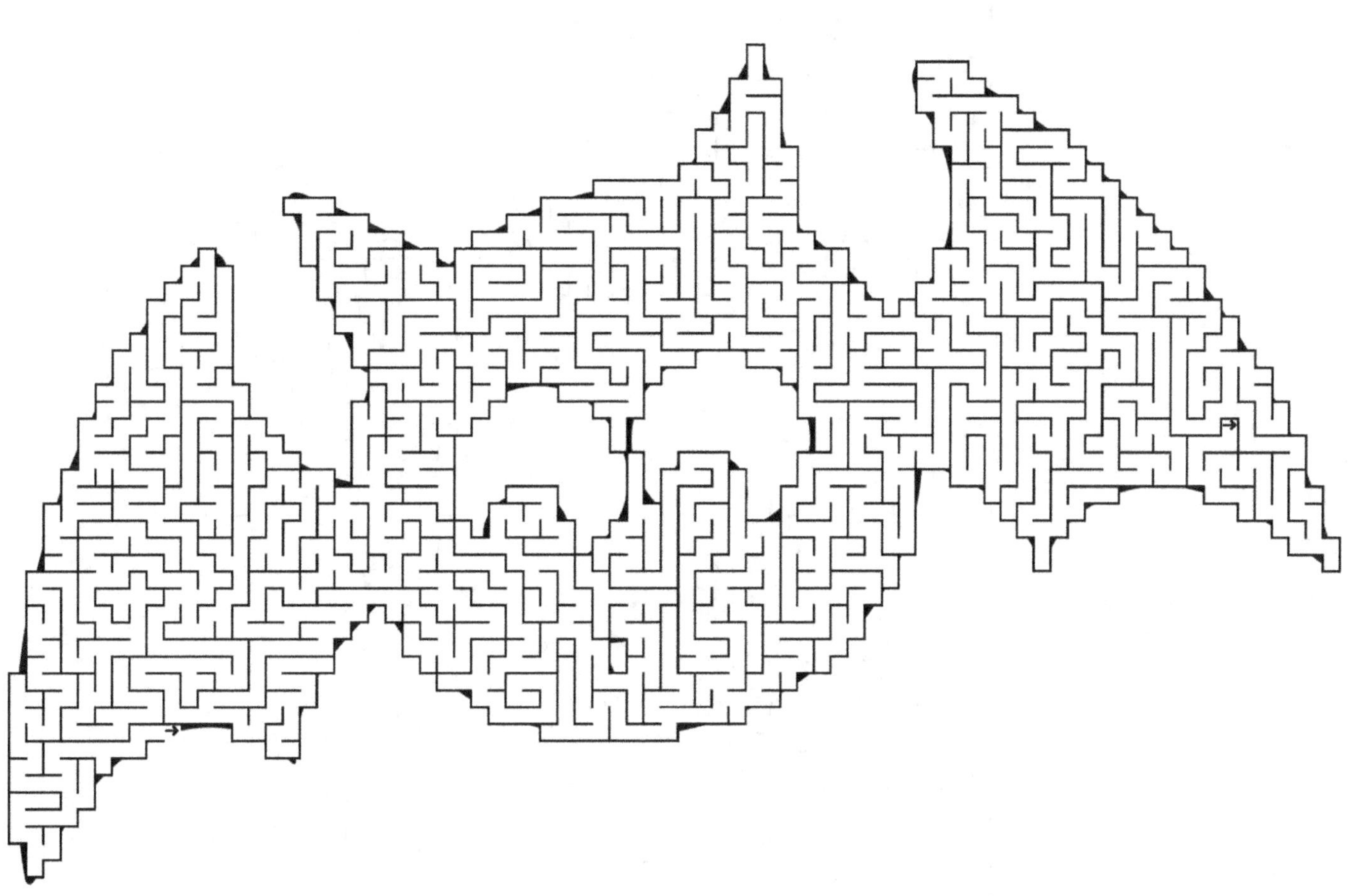

MAZE 14

MAZE 15

MAZE 16

MAZE 17

MAZE 18

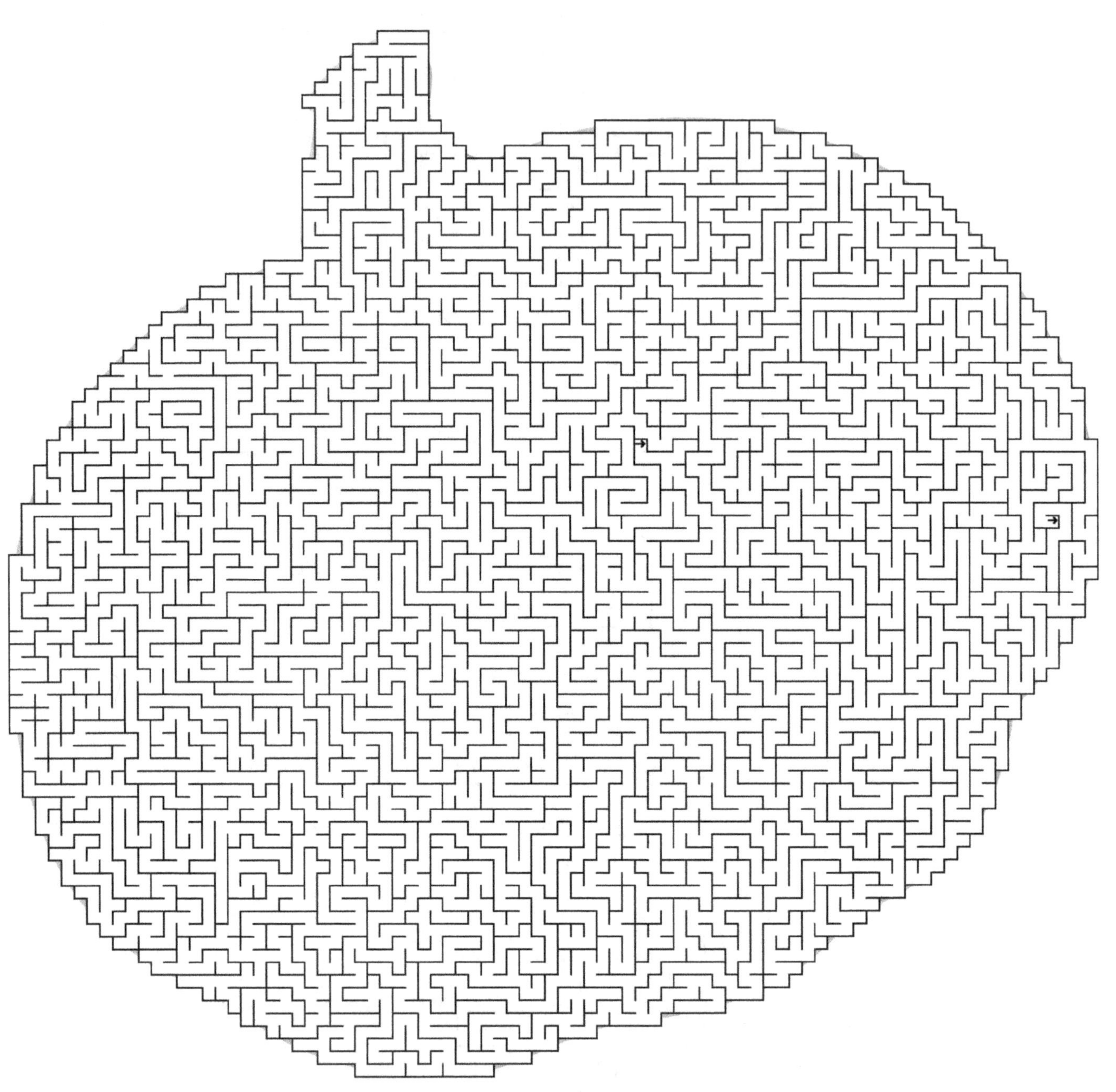

MAZE 19

MAZE 20

MAZE 21

MAZE 22

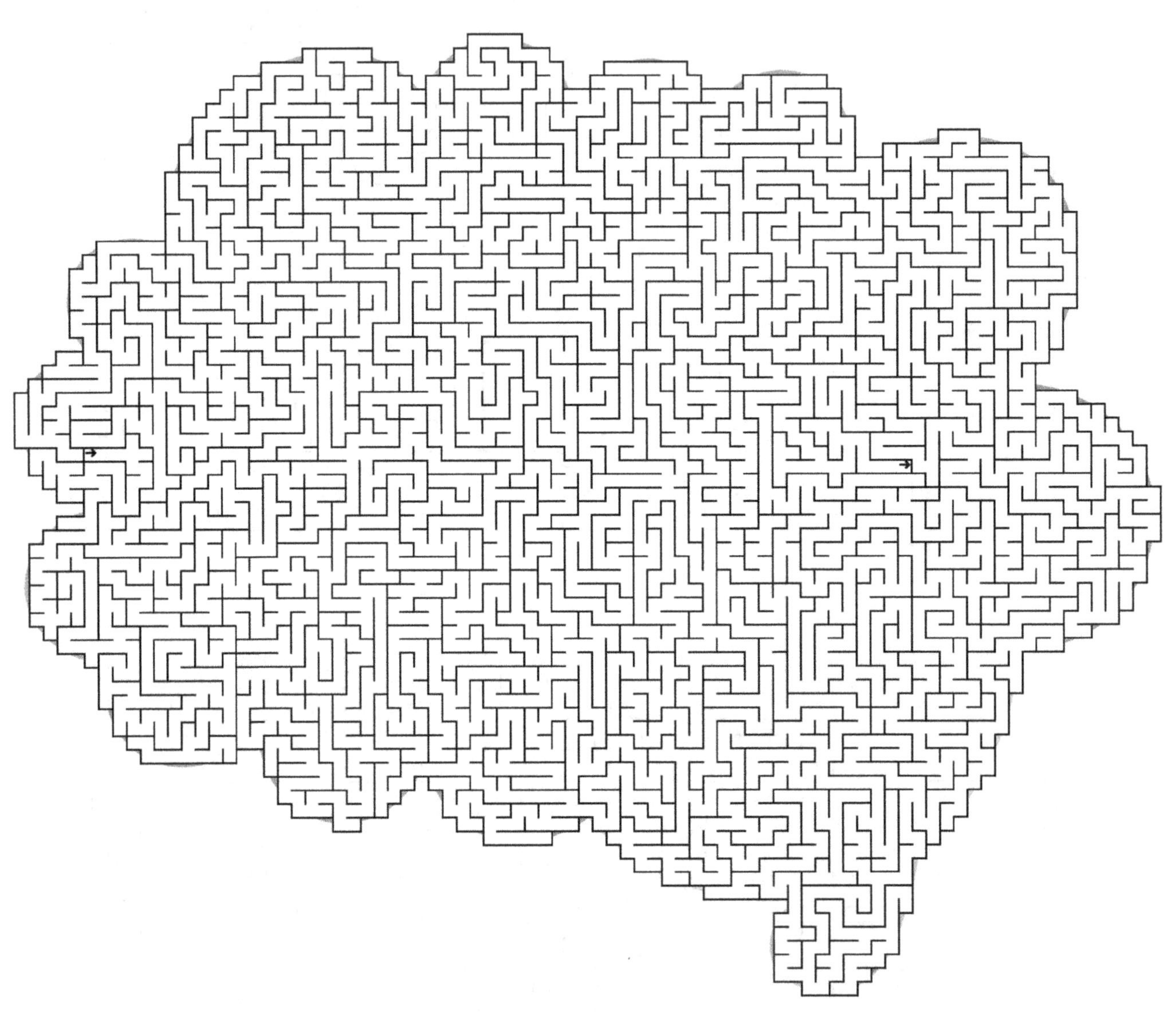

MAZE 23

MAZE 24

MAZE 25

MAZE 26

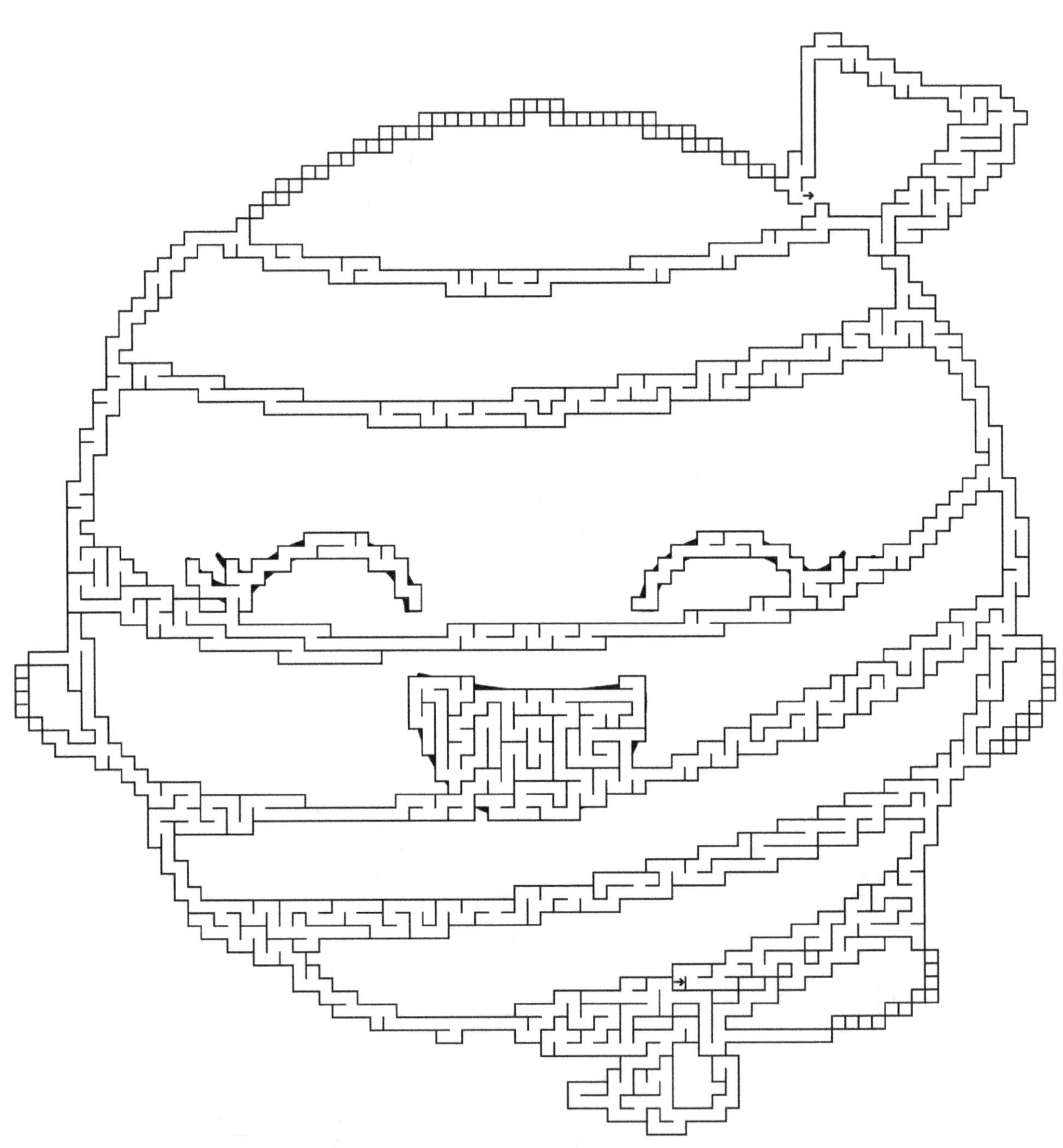

MAZE 27

MAZE 28

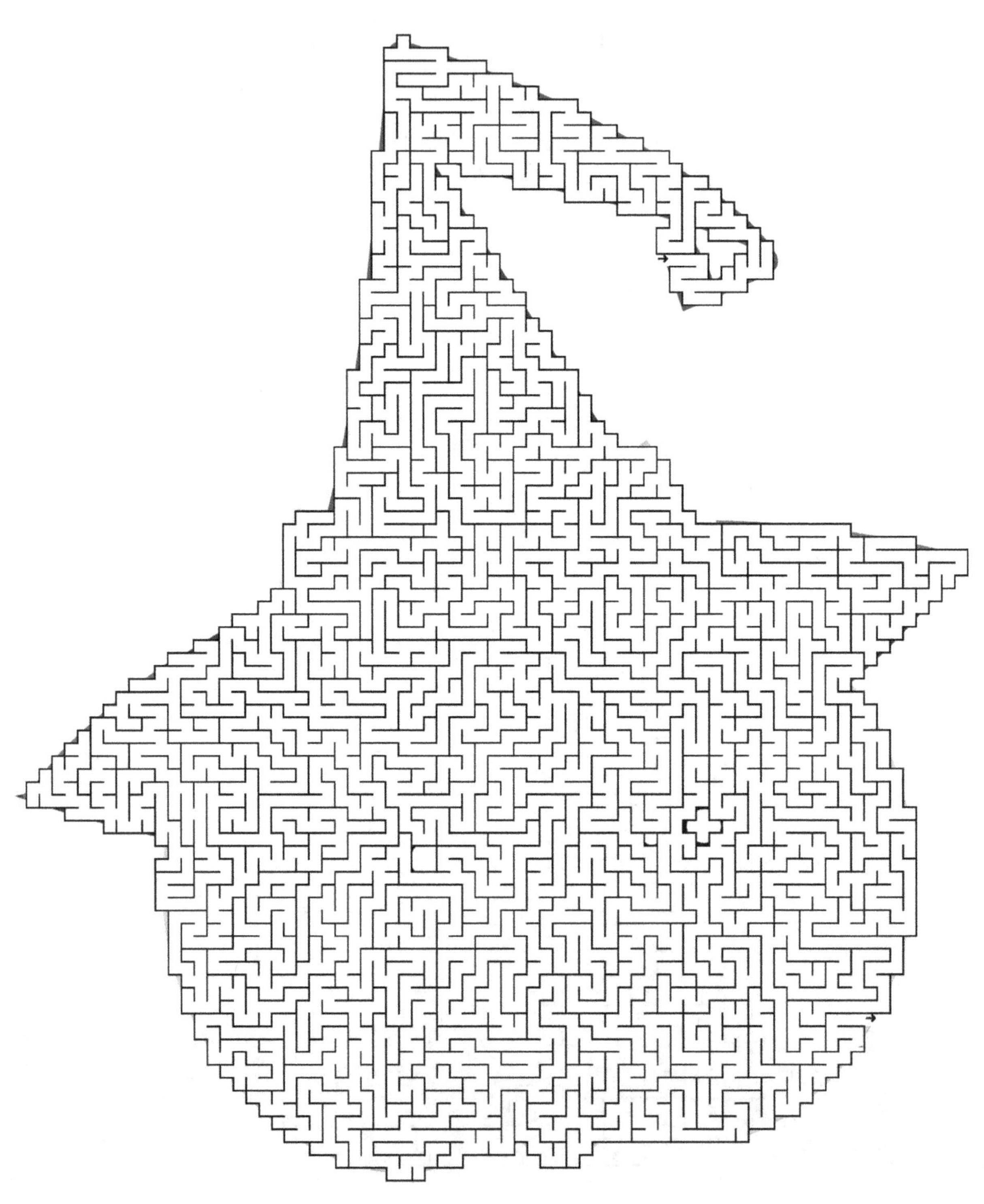

MAZE 29

MAZE 30

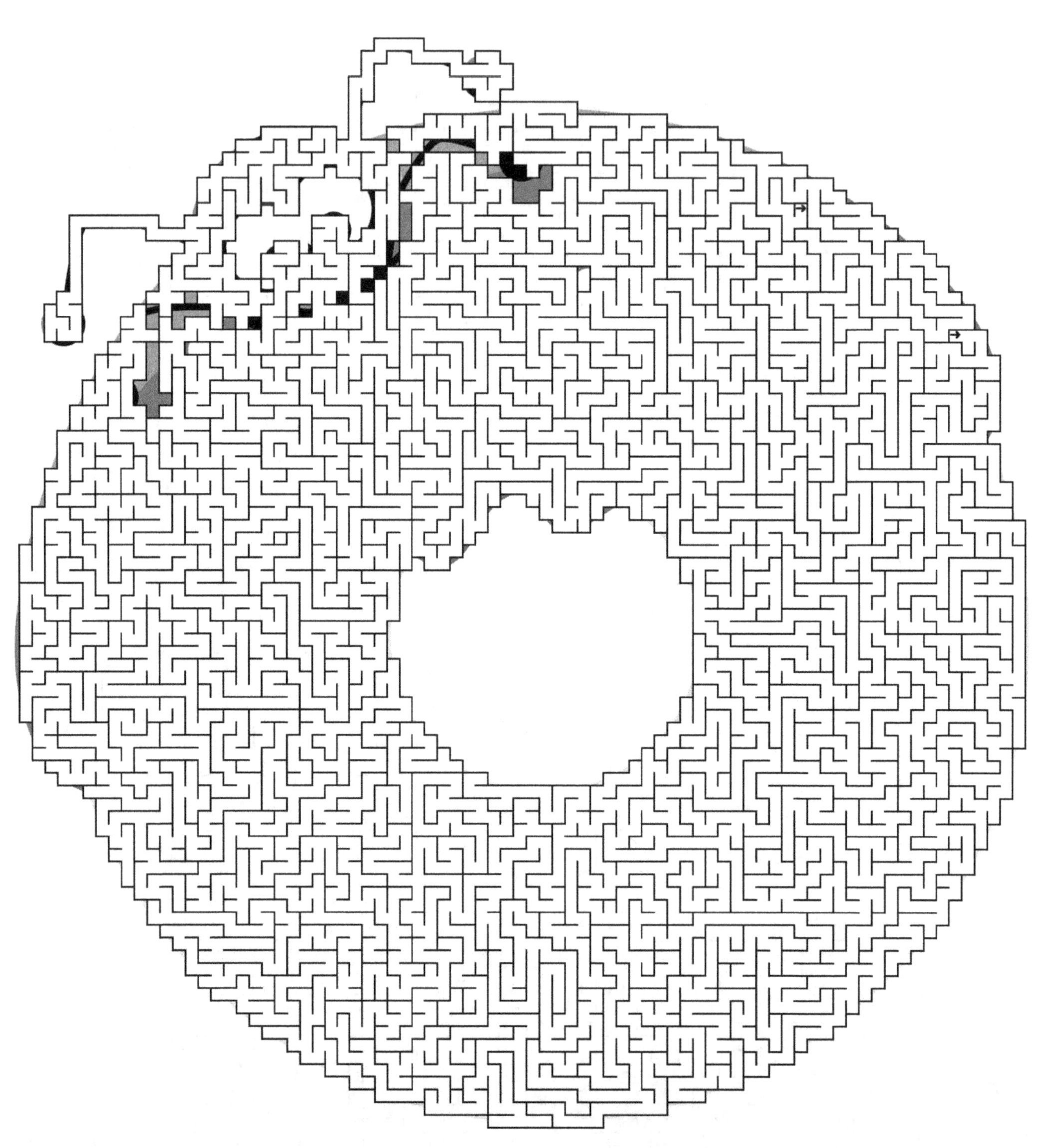

SOLUTION 1

SOLUTION 2

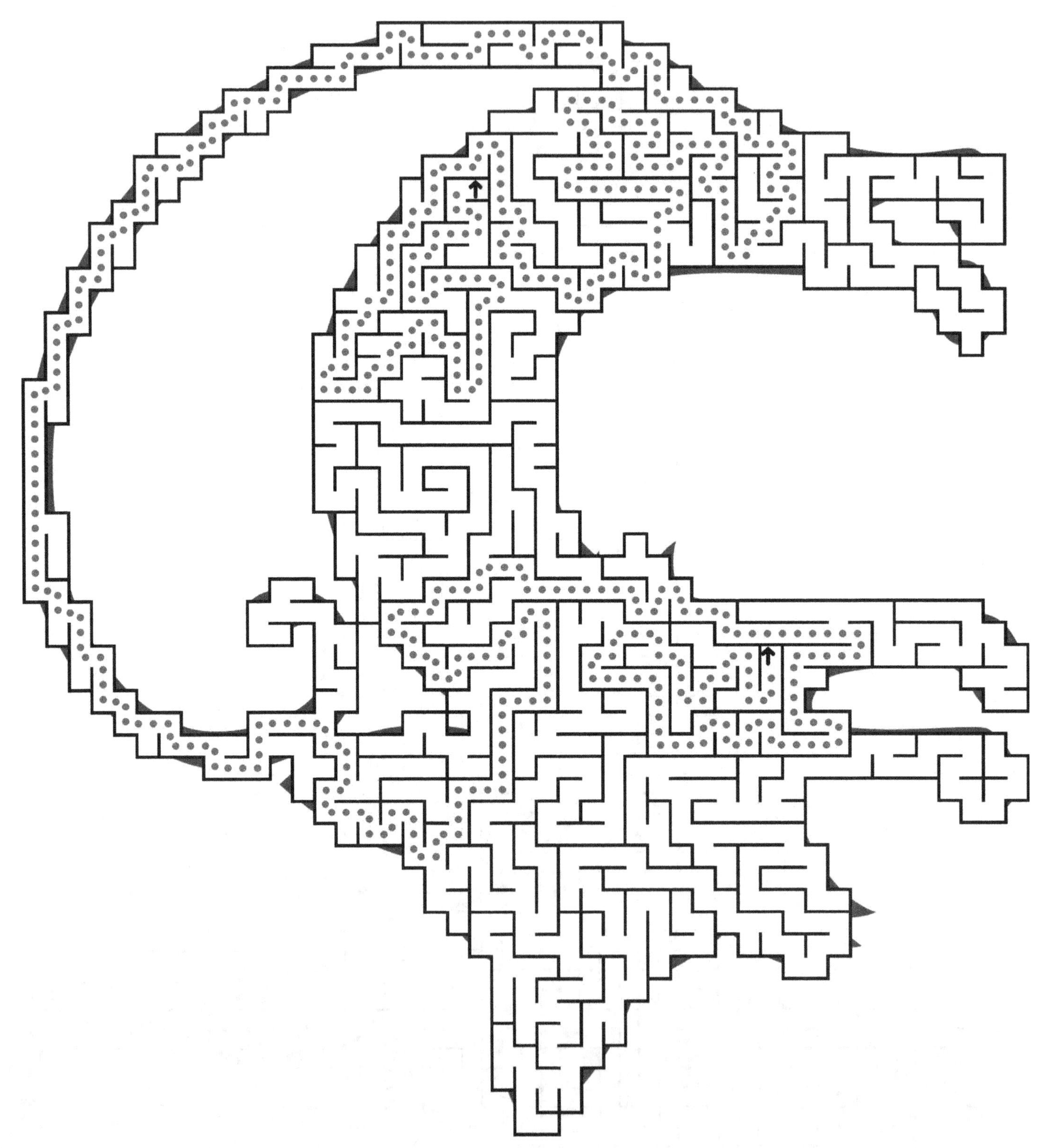

SOLUTION 3

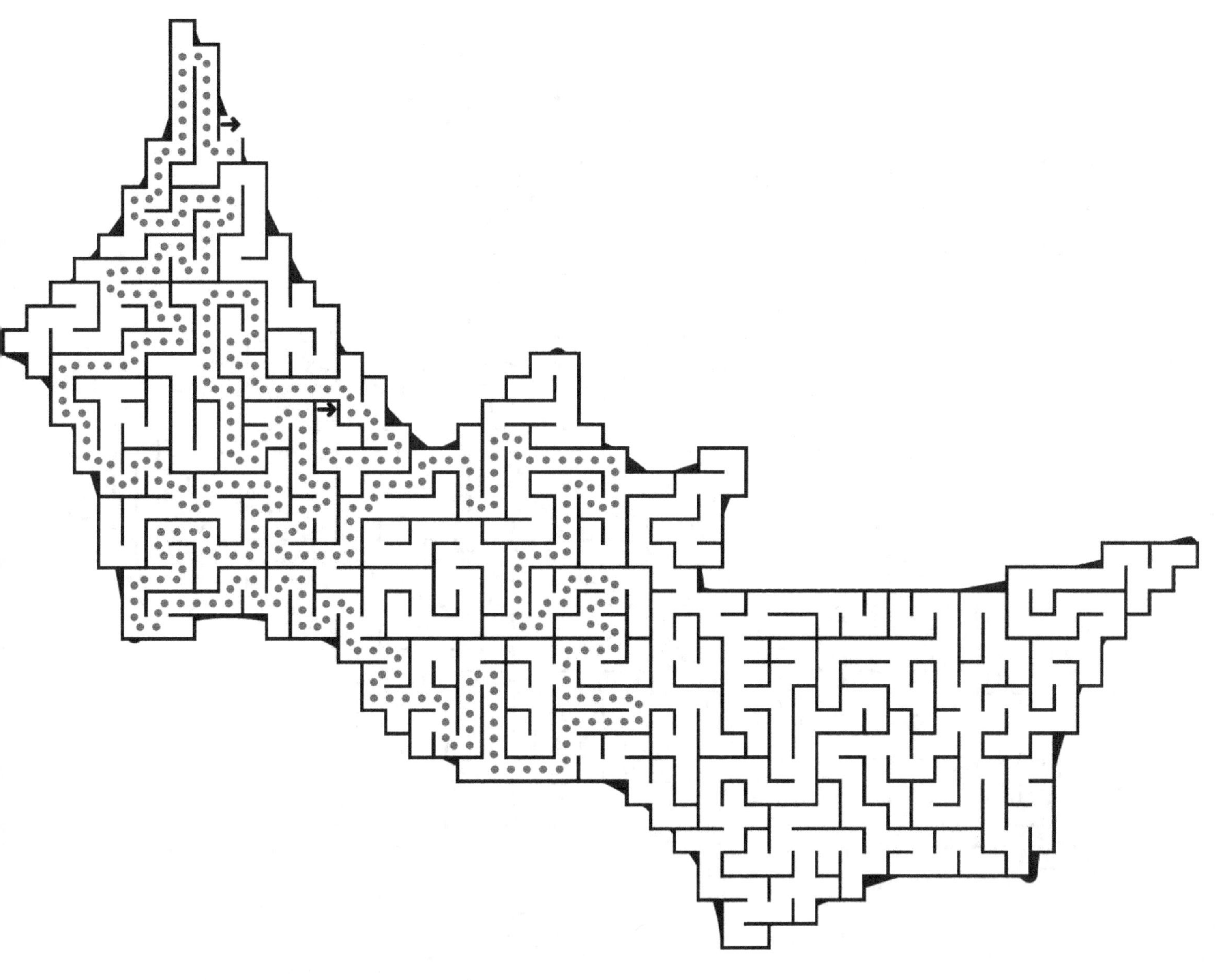

SOLUTION 4

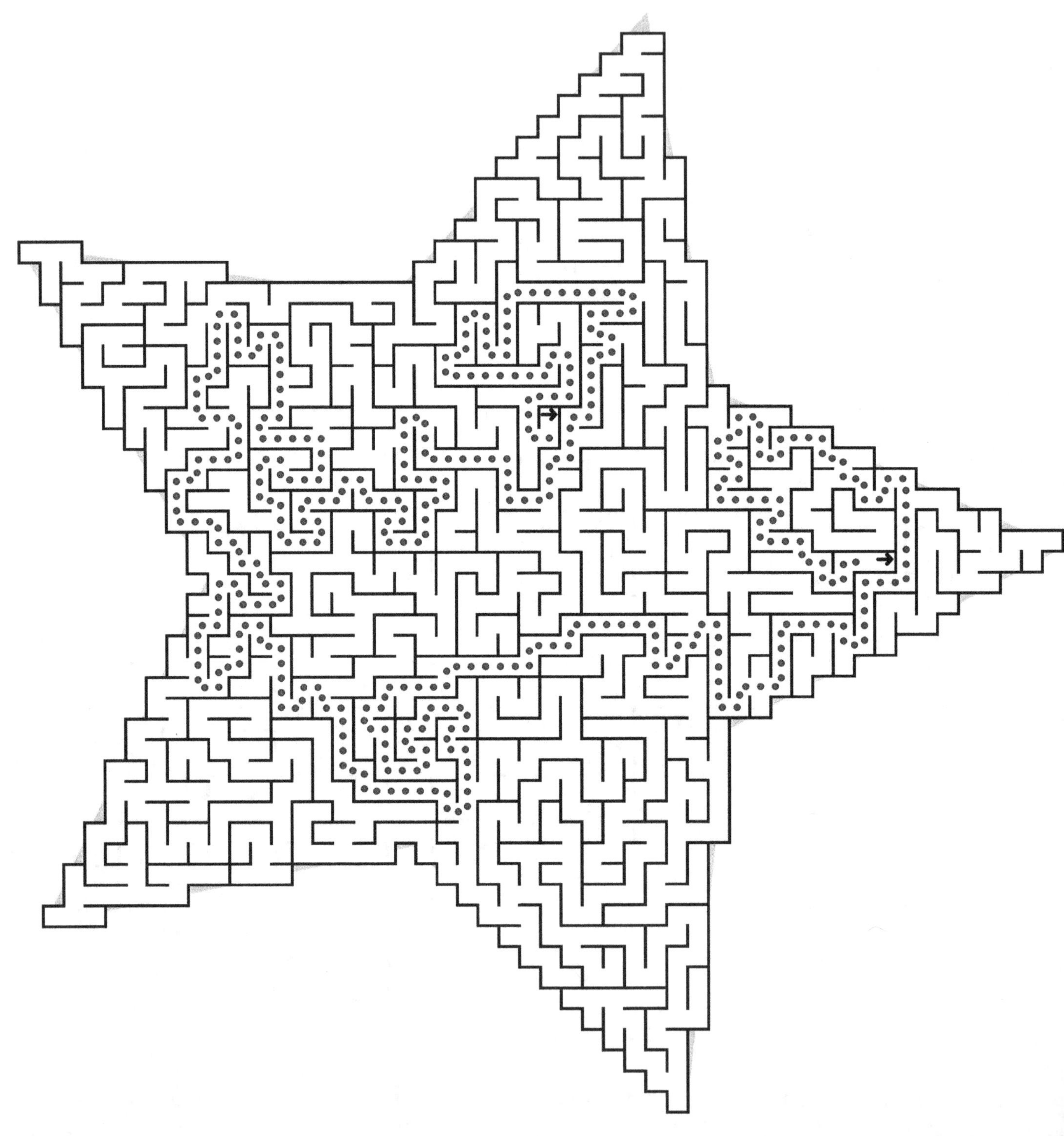

SOLUTION 5

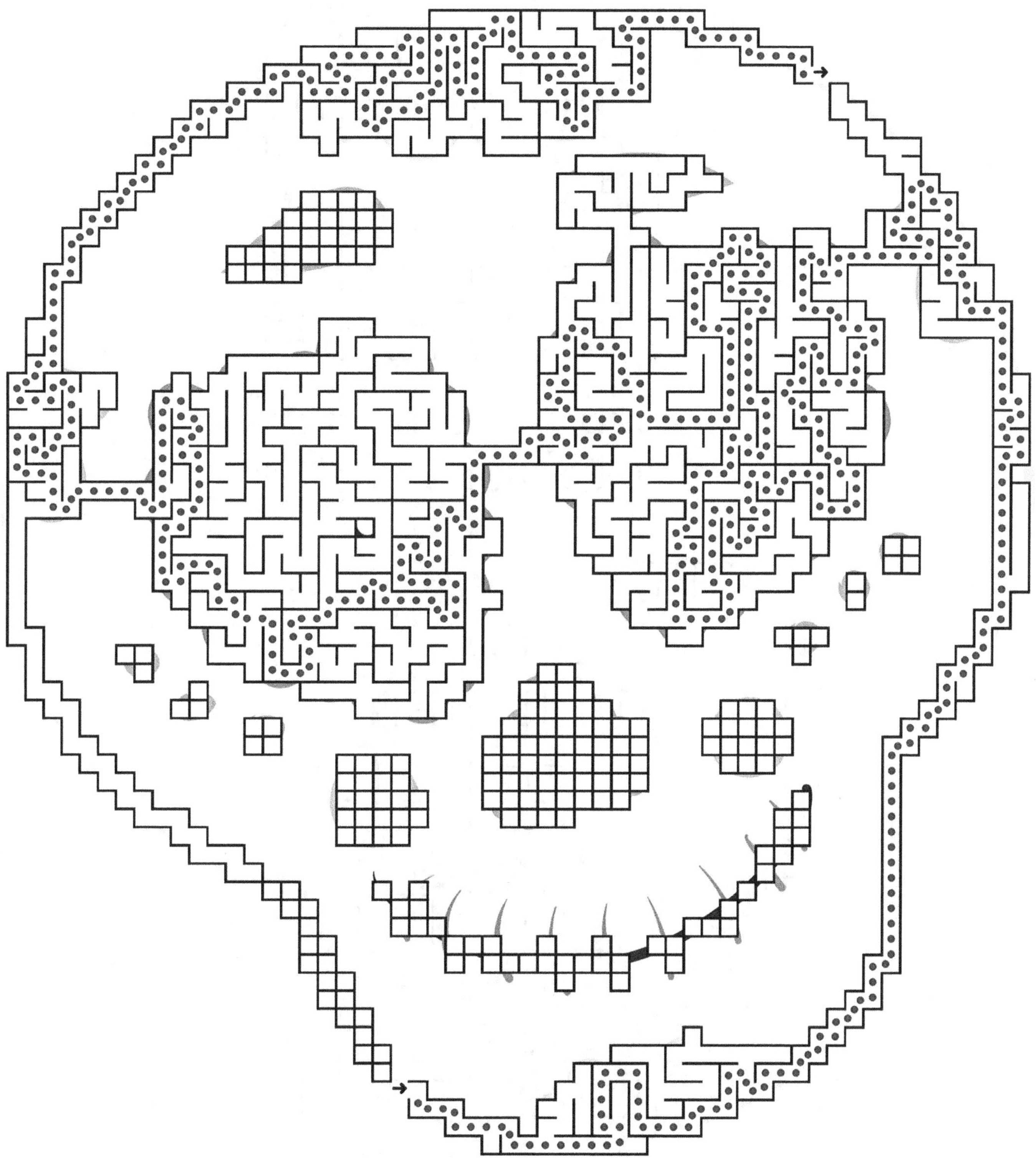

SOLUTION 6

SOLUTION 7

SOLUTION 8

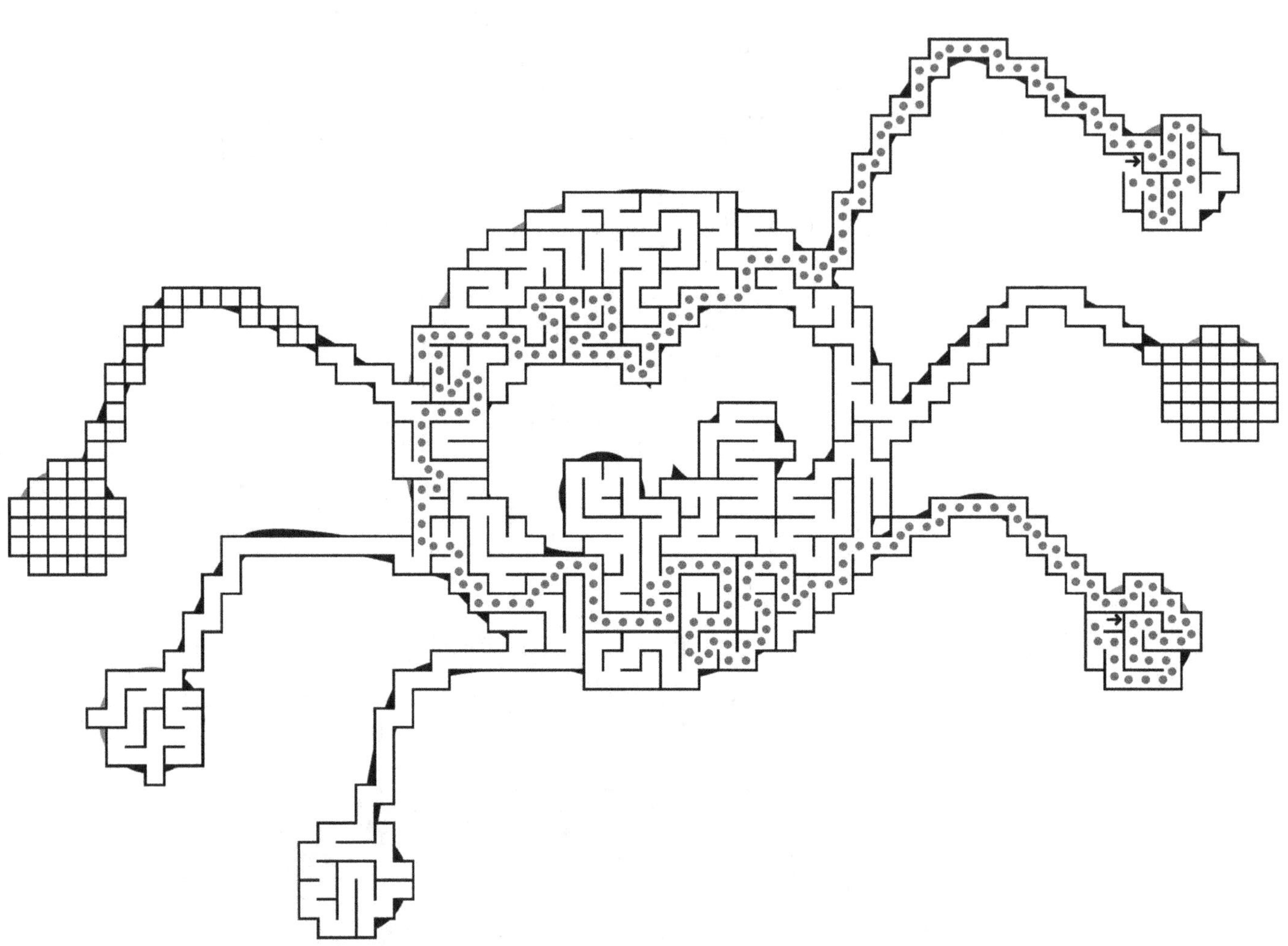

SOLUTION 9

SOLUTION 10

SOLUTION 11

SOLUTION 12

SOLUTION 13

SOLUTION 14

SOLUTION 15

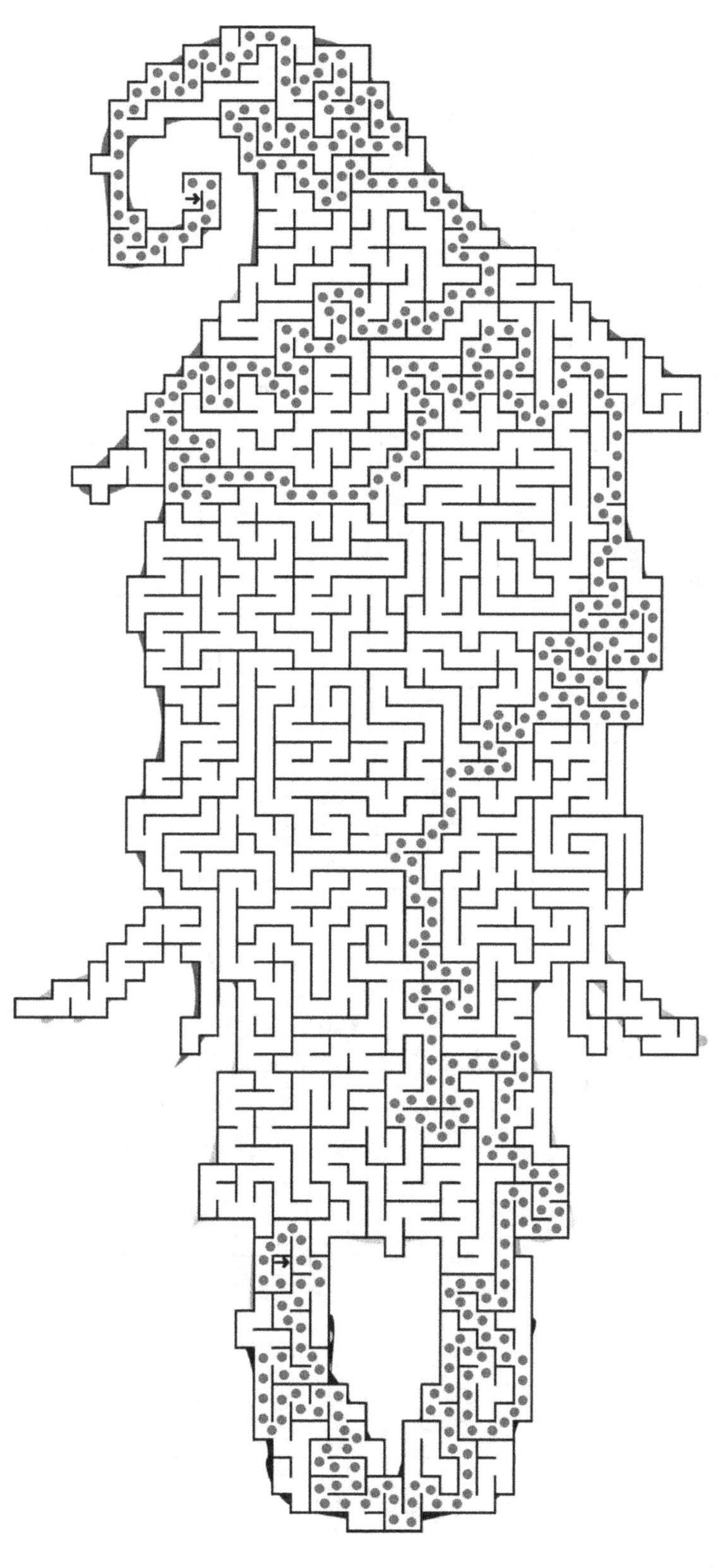

SOLUTION 16

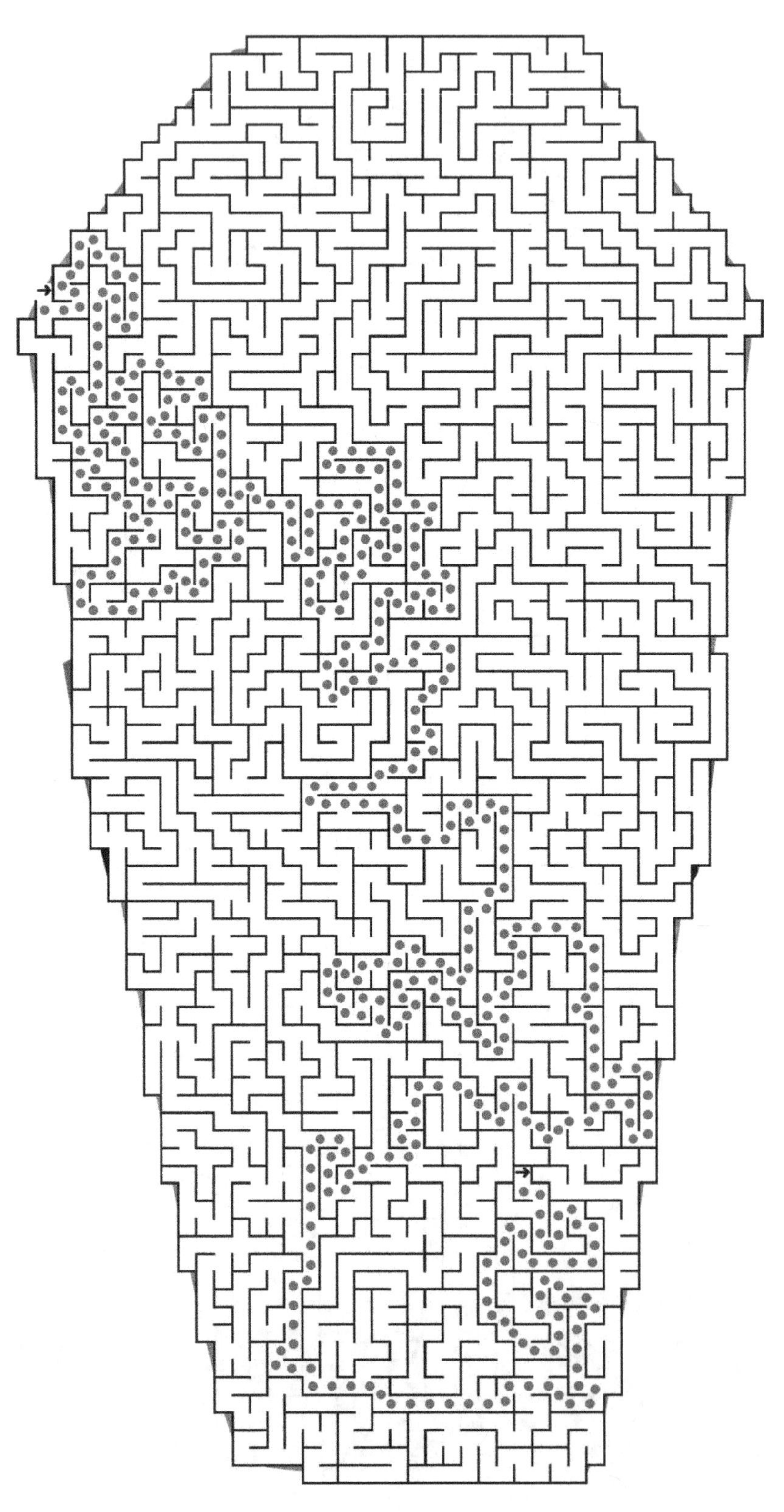

SOLUTION 17

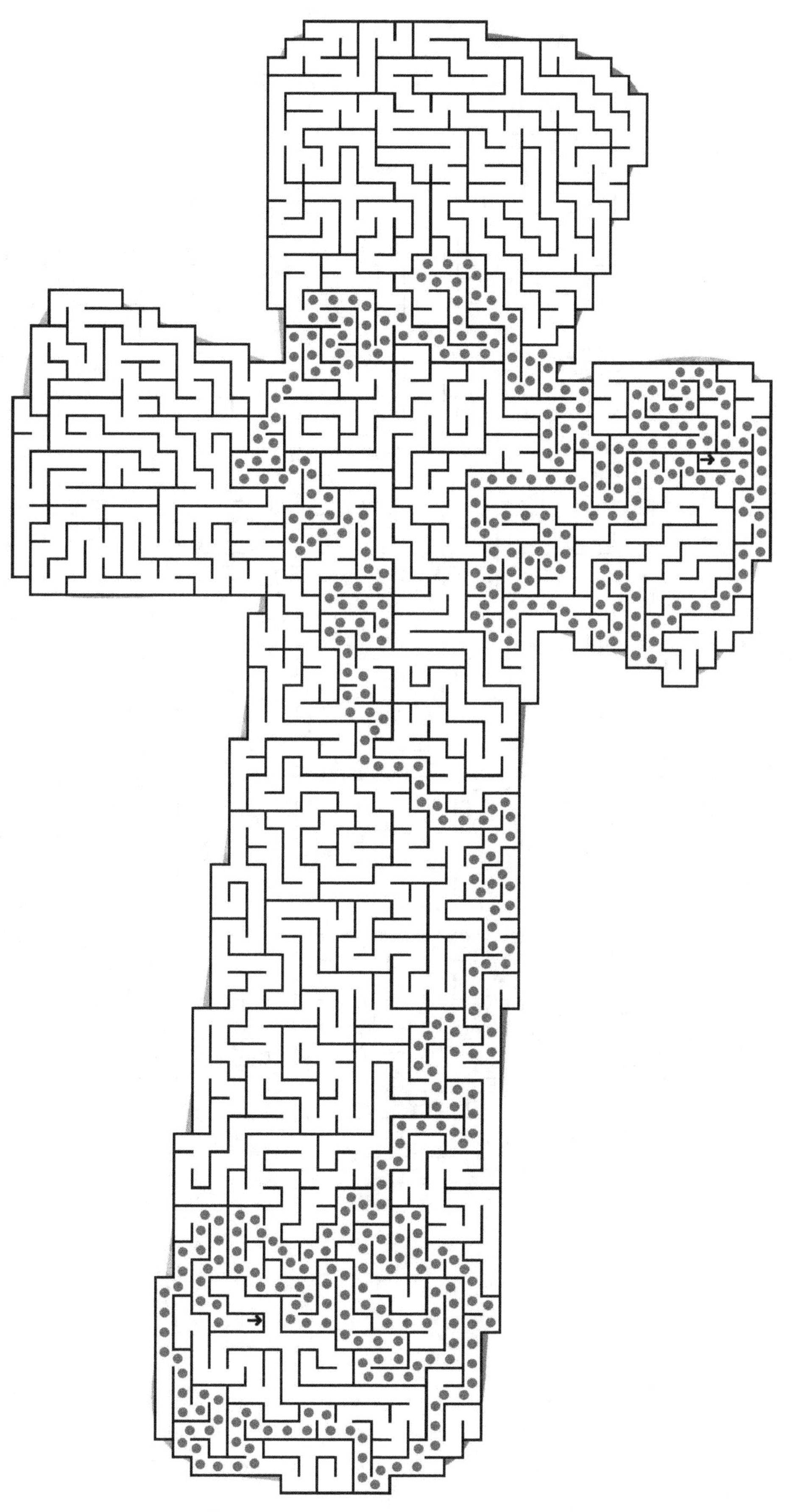

SOLUTION 18

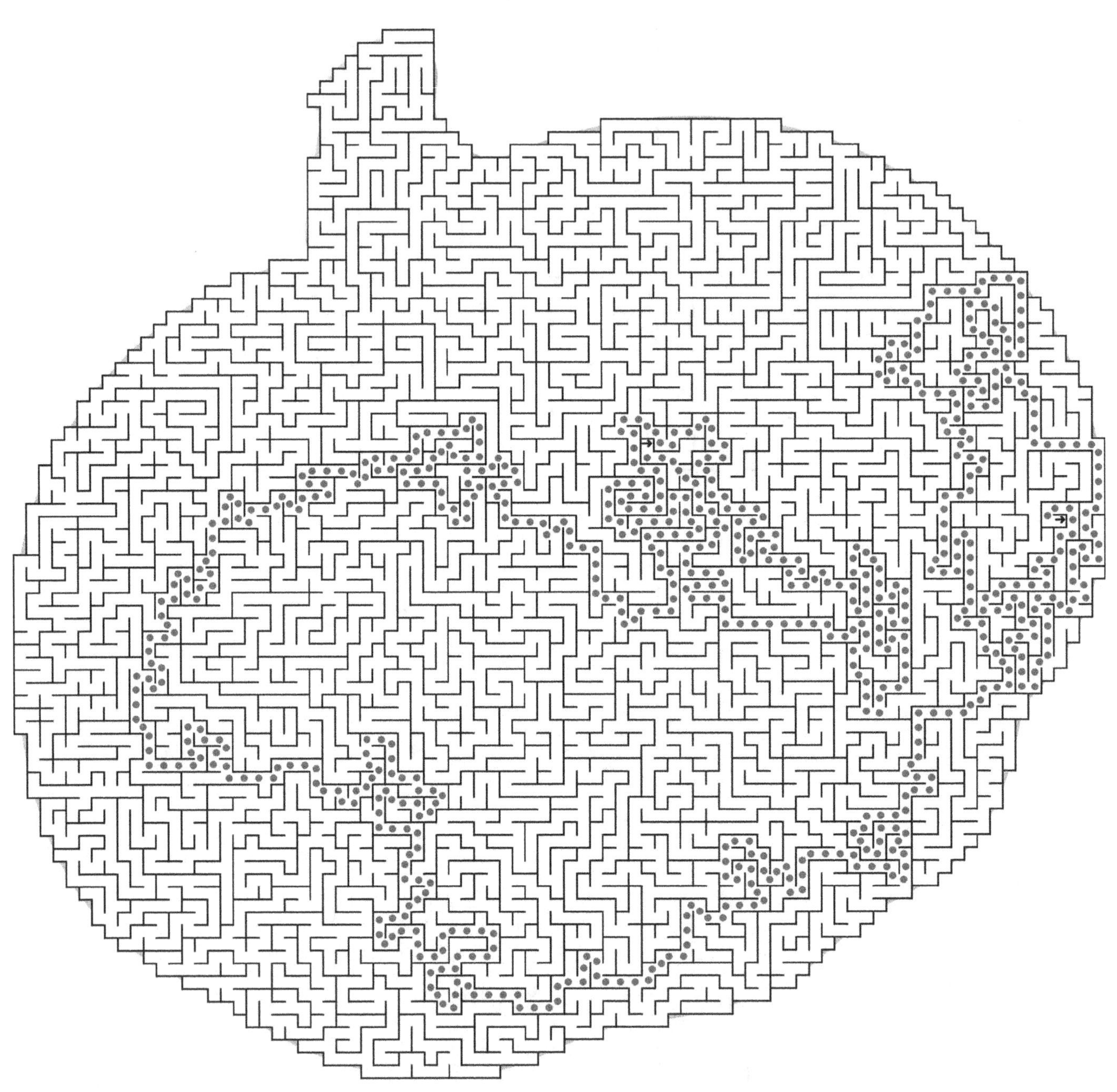

SOLUTION 19

SOLUTION 20

SOLUTION 21

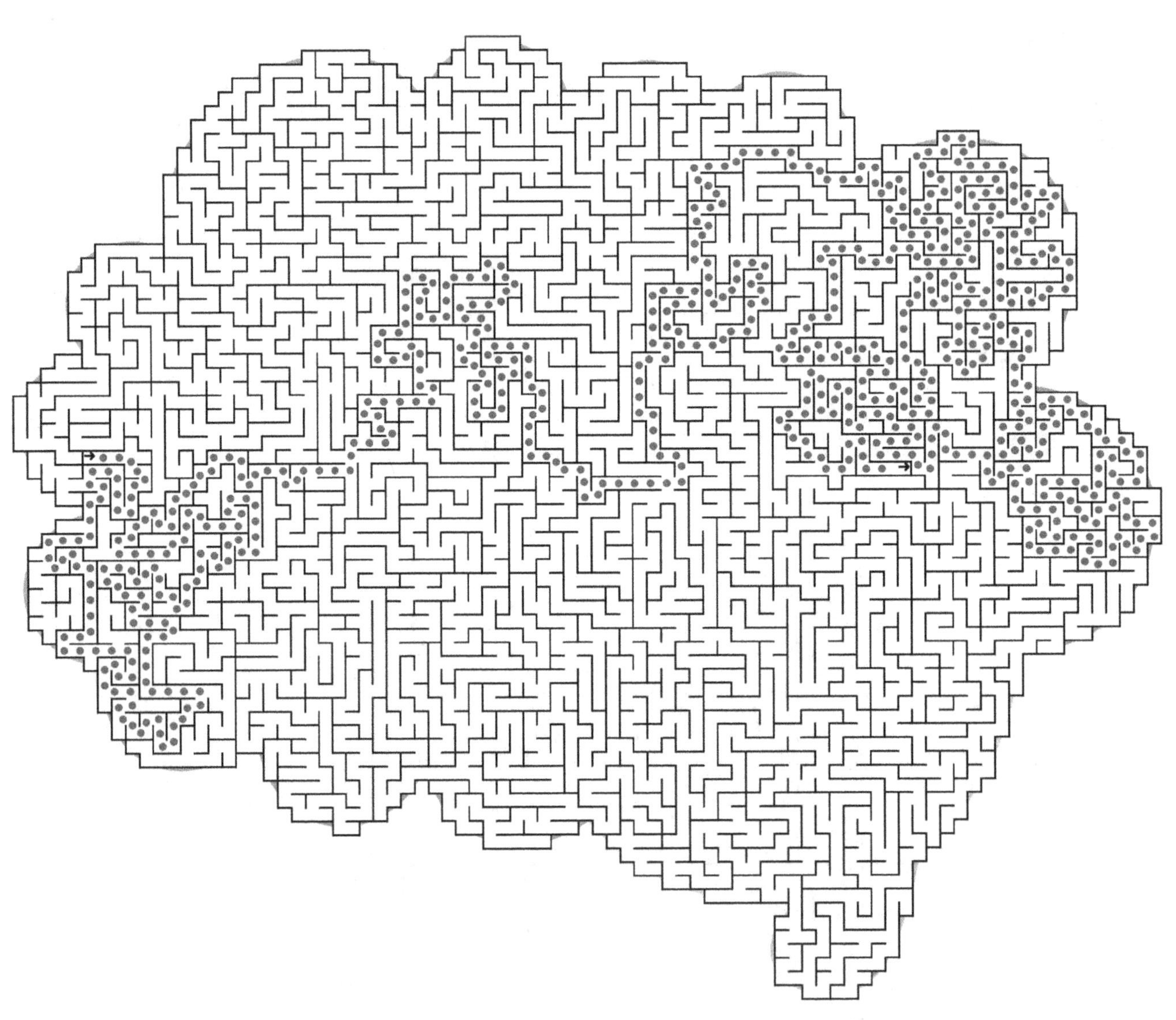

SOLUTION 23

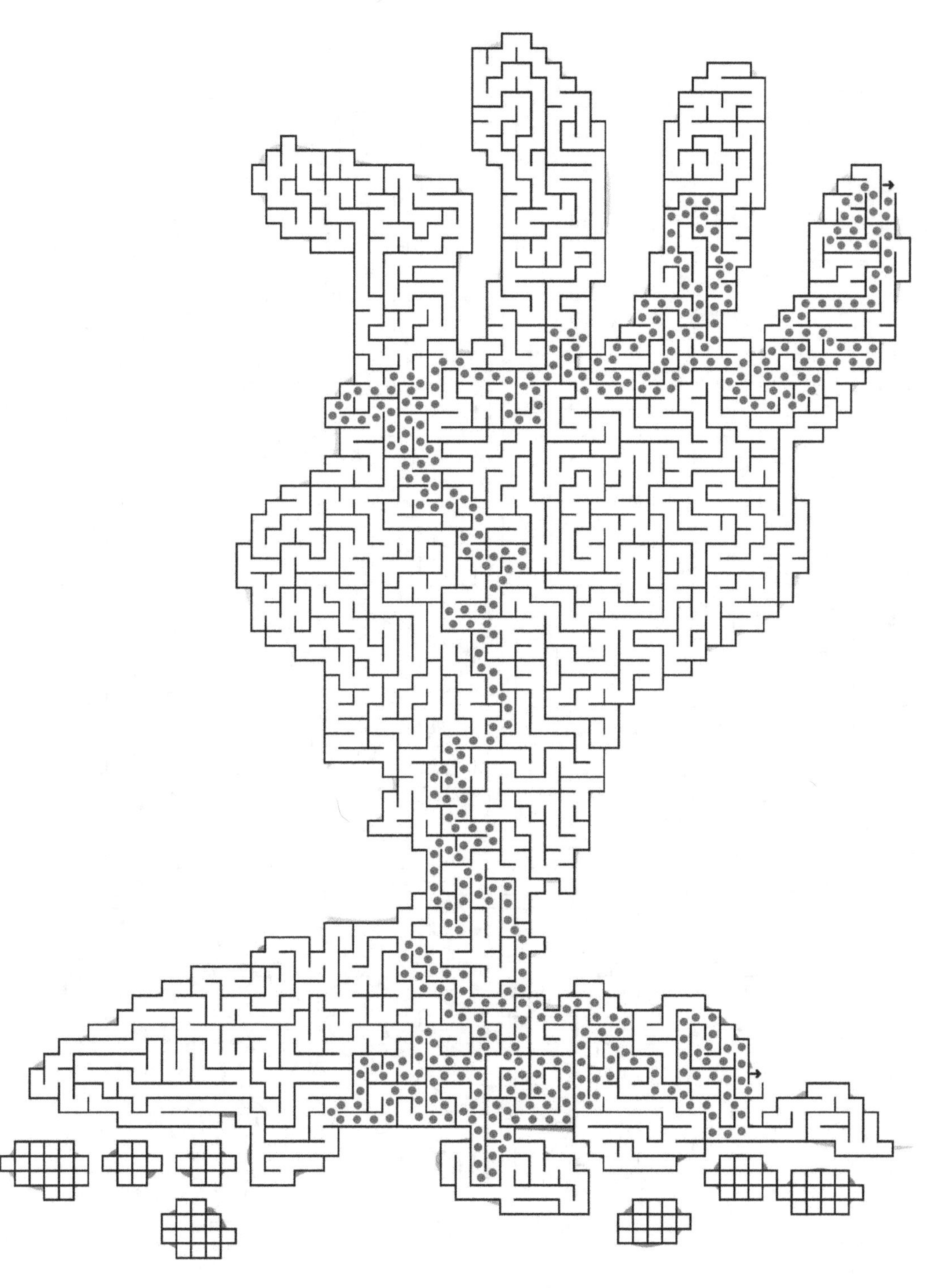

SOLUTION 24

SOLUTION 25

SOLUTION 26

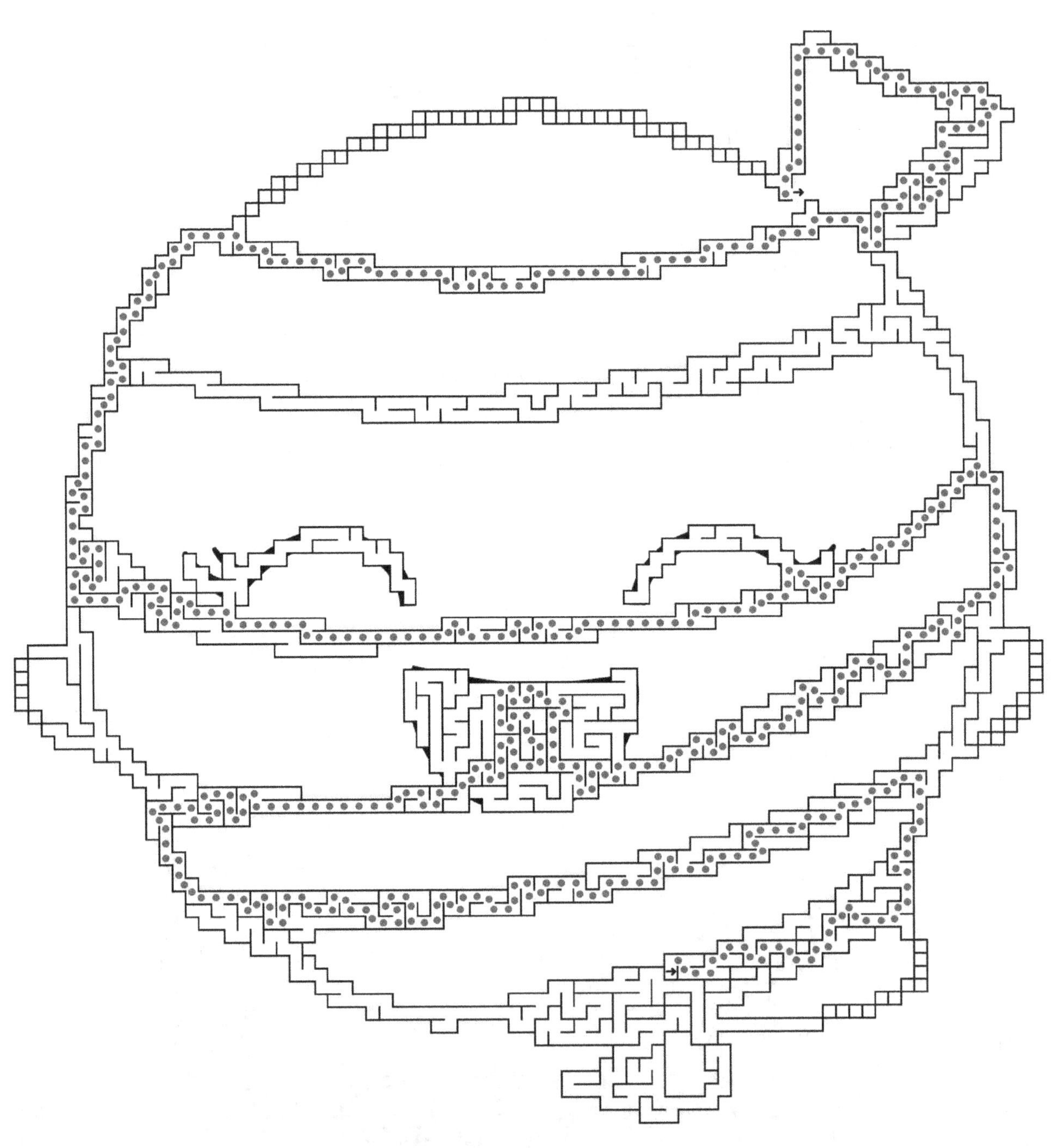

SOLUTION 27

SOLUTION 28

SOLUTION 29

SOLUTION 30

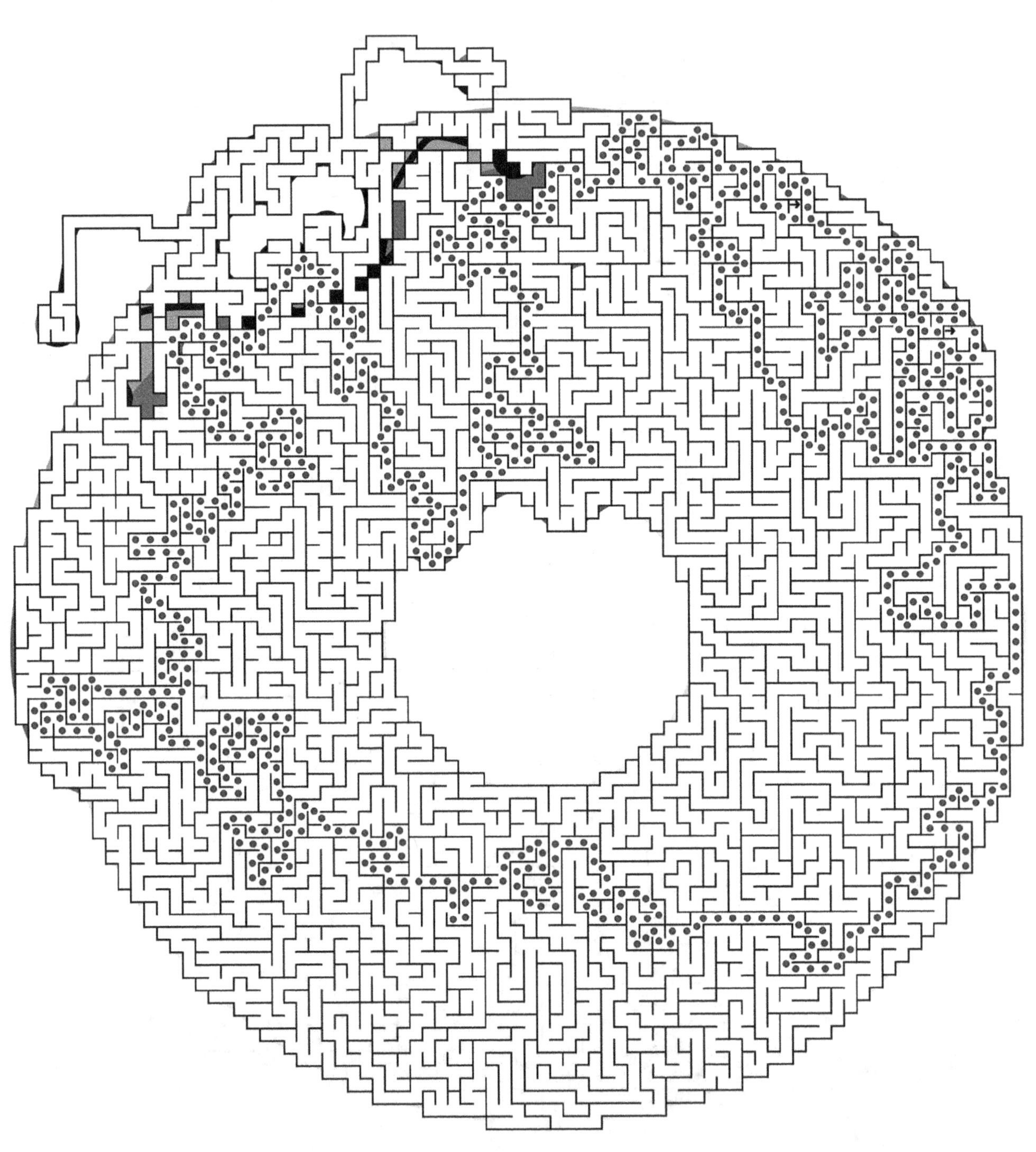

www.ingramcontent.com/pod-product-compliance
Lightning Source LLC
Chambersburg PA
CBHW080919160726
48000CB00009B/3043